SIR ARTHUR CONAN DOYLE
SHERLOCK HOLMES

ILUSTRADO

Dados Internacionais de Catalogação na Publicação (CIP) de acordo com ISBD

D754e	Doyle, Arthur Conan
	O enigma de Reigate / Arthur Conan Doyle ; traduzido por Monique D'Orazio ; adaptado por Stephanie Baudet. - Jandira, SP : Ciranda Cultural, 2023.
	112 p. ; il; 13,20cm x 20,00cm. - (Coleção Ilustrada Sherlock Holmes).
	Título original: The Reigate squires
	ISBN: 978-85-380-9628-3
	1. Literatura inglesa. 2. Aventura. 3. Detetive. 4. Mistério. 5. Suspense. I. D'Orazio, Monique. II. Baudet, Stephanie. III. Título. IV. Série.
	CDD 823.91
2022-0443	CDU 821.111-3

Elaborado por Lucio Feitosa - CRB-8/8803

Índice para catálogo sistemático:
1. Literatura inglesa 823.91
2. Literatura inglesa 821.111-3

Copyright: © Sweet Cherry Publishing [2019]
Adaptado por Stephanie Baudet
Licenciadora: Sweet Cherry Publishing United Kingdom [2021]

Título original: *The Reigate squires*
Baseado na obra original de Sir Arthur Conan Doyle
Capa: Arianna Bellucci e Rhiannon Izard
Ilustrações: Arianna Bellucci

© 2023 desta edição:
Ciranda Cultural Editora e Distribuidora Ltda.
Tradução: Monique D'Orazio
Preparação: Paloma Blanca Alves Barbieri
Diagramação: Linea Editora
Revisão: Karine Ribeiro

1ª Edição em 2023
www.cirandacultural.com.br
Todos os direitos reservados. Nenhuma parte desta publicação pode ser
reproduzida, arquivada em sistema de busca ou transmitida por qualquer meio,
seja ele eletrônico, fotocópia, gravação ou outros, sem prévia autorização do
detentor dos direitos, e não pode circular encadernada ou encapada de maneira
distinta daquela em que foi publicada, ou sem que as mesmas condições sejam
impostas aos compradores subsequentes.

SHERLOCK HOLMES ILUSTRADO

quinze para a meia-noite

sabendo de uma

talvez

O ENIGMA DE REIGATE

Ciranda Cultural

Capítulo um

Doutor John Watson.
Monsieur Sherlock Holmes pede que venha imediatamente. Ele está doente e deseja que o senhor o acompanhe até a Inglaterra para se recuperar.
Monsieur G. Lamont.
Directeur d'hôtel.
Lyon, França

Lyon, France

Words: 30

Sir Arthur Conan Doyle

Foi em 14 de abril de 1887 que recebi um telegrama de Lyon com a notícia de que Sherlock Holmes havia adoecido em decorrência de sua recente investigação na França. Pelo que eu vinha lendo nos jornais, era um caso que já durava dois meses. Nessa época, ele havia acabado com uma conspiração internacional e frustrado o vigarista mais talentoso da Europa: o barão Maupertuis.

Durante todas aquelas semanas, Holmes havia trabalhado quinze horas por dia e, mais de uma vez, por cinco dias seguidos sem pausa.

Uma investigação de dois meses levou à prisão do barão Maupertuis na noite de ontem, quando o detetive de renome internacional Sherlock Holmes teve sucesso em um caso no qual três forças policiais nacionais haviam falhado.

A influência do barão sobre a Companhia Netherland-Sumatra há muito causava preocupação nos círculos financeiros. As descobertas de ontem revelaram que a trama do barão vigarista teria levado a um colapso econômico nunca antes visto

desde o Pânico de 1866. A prisão ocorreu após um tenso impasse de seis horas. Holmes obteve acesso aos aposentos do barão após se disfarçar de seu aliado próximo. Funcionários de vários governos europeus se apresentaram para parabenizar o detetive.

The Evening Standard

17

Em 24 horas, eu estava ao lado de Holmes no hotel. Até mesmo sua saúde de ferro havia se deteriorado sob tanto esforço. Ele se encontrava na mais profunda depressão, apesar de toda a Europa estar repetindo seu nome aos quatro ventos e de

Sir Arthur Conan Doyle

seu quarto estar soterrado em telegramas de parabenizações.

Nem mesmo saber que havia obtido sucesso em um caso no qual a polícia de três países havia falhado era o bastante para elevar seus ânimos. Fiquei preocupado quando recebi o telegrama urgente, mas Holmes se mostrou muito feliz em me ver e pareceu melhorar assim que cheguei. Seus olhos brilharam quando entrei no quarto; ele se sentou e estendeu a mão para pegar a minha.

– Watson, meu caro amigo. Que bom que você veio.

O enigma de Reigate

Ele parecia pálido e exausto, mas senti uma onda de alívio quando notei um vislumbre do velho Holmes em sua expressão.

Logo me ocupei com a tarefa de fazer os preparativos para nossa viagem de retorno à Inglaterra e, três dias depois, estávamos de volta a Baker Street.

Meu velho amigo, o coronel Hayter, que tinha sido um paciente meu no Afeganistão, sempre me

pedia para visitá-lo em Reigate. Fazia pouco tempo, ele tinha perguntado se Holmes gostaria de vir comigo. Percebendo minha hesitação, o coronel me garantiu que meu amigo seria muito bem-vindo. Achei que uma semana de sol de primavera no campo ajudaria na recuperação de Holmes. Também

Reigate

Uma cidade pequena e agradável, embora com poucas atrações além de um castelo demolido. Várias casas grandes podem atrair ladrões que não estejam atrás de uma grande recompensa. Há uma pequena força policial local que provavelmente deve ser ineficaz.

O enigma de Reigate

seria bom para mim, já que minha clínica médica andava movimentada nos últimos tempos.

Holmes – como eu esperava – insistiu que ele poderia cuidar de si mesmo. Eu não precisava ter suas habilidades de detetive para perceber que esse não era o caso. Então, após várias tentativas, finalmente consegui convencê-lo a aceitar o convite do coronel. Foi só quando deixei claro que o coronel morava sozinho, e permitiria que Holmes relaxasse e fizesse o que bem entendesse, que ele enfim cedeu.

Capítulo dois

Uma semana depois, estávamos na zona rural de Surrey. Hayter era um bom soldado que tinha visto muito do mundo. Conversando sobre suas viagens, ele e Holmes descobriram que tinham muito em comum.

O enigma de Reigate

Na noite de nossa chegada, estávamos sentados na sala de armas do coronel depois do jantar. Holmes estava estendido no sofá, enquanto Hayter e eu examinávamos sua coleção de armas orientais.

Sir Arthur Conan Doyle

– A propósito – disse o coronel de repente –, acho que vou levar uma dessas pistolas para cima, caso tenhamos algum alarme.

– Um alarme? – perguntei.

– Sim, levamos um susto por aqui recentemente. O velho Acton, um rico empresário local, teve sua casa invadida na última segunda-feira. Não causaram nenhum grande dano, mas os ladrões ainda não foram pegos.

– E não há nenhuma pista? – quis saber Holmes, lançando um olhar para o coronel.

O enigma de Reigate

Fiz uma careta. Minha esperança era de que ele não fosse se sentir atraído pelo incidente.

– Nenhuma até agora. Mas é um crime pequeno, e deve parecer insignificante demais para o senhor, depois de seu grande caso internacional.

Holmes dispensou o elogio com um aceno, embora eu tenha percebido por seu sorriso que ele havia gostado.

– Houve algum fato interessante sobre esse caso?

O coronel balançou a cabeça.

Sir Arthur Conan Doyle

– Os ladrões saquearam a biblioteca, mas conseguiram muito pouco. O lugar inteiro foi revirado de cabeça para baixo, porém, tudo o que levaram foi um livro velho, dois castiçais de prata, um peso de papel de marfim, um pequeno barômetro de carvalho e um rolo de barbante.

– Que variedade extraordinária de objetos! – exclamei.

O enigma de Reigate

– Ah, os ladrões devem ter agarrado tudo o que conseguiram.

Holmes grunhiu do sofá.

– A polícia do condado deveria fazer alguma coisa – disse ele. – Ora, certamente é óbvio que...

Levantei um dedo em advertência.

– Você está aqui para descansar, meu caro amigo. Pelo amor de Deus, não comece um novo caso quando seus nervos estão em frangalhos.

Holmes encolheu os ombros e lançou um olhar de resignação divertida para o coronel. Ele simplesmente não conseguia resistir

Sir Arthur Conan Doyle

a um mistério, então não seria nada fácil fazê-lo descansar.

No fim das contas, todos os meus conselhos como médico foram em vão, pois, na manhã seguinte, o enigma se tornou impossível de ignorar.

Estávamos tomando café da manhã quando o mordomo do coronel entrou correndo, sem sua habitual cerimônia.

– Ouviu a notícia, senhor? – disse ele, ofegante. – Na casa dos Cunningham, senhor!

– Roubo? – perguntou o coronel, com a xícara de café ainda no ar.

O enigma de Reigate

– Assassinato!

O coronel assobiou e disse:

– Por Deus! Quem morreu? O dono ou o filho?

– Nenhum dos dois, senhor. Foi William, o cocheiro. Levou um tiro no coração, e nunca mais falou.

– Quem atirou nele, então?

– O ladrão, senhor. Ele fugiu. Tinha acabado de arrombar a janela da despensa, eu acho, quando William se aproximou dele e encontrou seu fim ao tentar defender a propriedade de seu senhor.

– Que horas?

Sir Arthur Conan Doyle

– Foi ontem à noite, senhor, por volta da meia-noite.

– Ah, então vamos lá mais tarde – disse o coronel, voltando a tomar o café da manhã com frieza. – É um mau negócio – acrescentou, quando o mordomo foi embora. – Ele é muito decente, o velho Cunningham, e pode ficar feliz se receber uma palavra de compaixão. Ele deve estar arrasado. O homem trabalhou na casa dele durante anos e era um bom empregado. É evidente que são os mesmos vilões que invadiram a casa dos Acton.

O enigma de Reigate

– E que roubaram aquela estranha variedade de objetos – comentou Holmes, pensativo.

– Precisamente.

– Humm – continuou Holmes. – Pode ser o caso mais simples do mundo; mesmo assim, à primeira vista, é um pouco curioso, não é?

Sir Arthur Conan Doyle

Uma gangue de ladrões roubando duas casas na mesma região em poucos dias. Era de esperar que eles fossem mais longe, para algum lugar bem movimentado e populoso. Quando o senhor falou ontem à noite sobre tomar precauções, imaginei que este seria o último lugar na Inglaterra para onde os ladrões voltariam sua atenção; o que mostra que ainda tenho muito a aprender.

– Com certeza é alguém da região – disse o coronel, – pois a propriedade de Acton e a de Cunningham são exatamente os

O enigma de Reigate

lugares que eles procurariam, já que são as maiores casas por aqui.

– E as mais ricas?

– Bem, deveriam ser, mas eles se envolveram em um processo judicial por alguns anos que lhes custou muito dinheiro, eu imagino. O velho Acton alega que é dono de metade da propriedade de Cunningham, e os advogados vêm lutando nesse caso há um bom tempo.

– Se for um vilão local, não deve haver muita dificuldade em encontrá-lo – disse Holmes, com um bocejo. Percebendo o que eu

Sir Arthur Conan Doyle

estava prestes a dizer, ele olhou para mim com um sorriso. – Tudo bem, Watson. Não pretendo me intrometer.

Eu não tinha certeza se acreditava nele, mas meus pensamentos foram interrompidos por uma batida na porta da frente e por vozes no corredor.

Capítulo três

O mordomo entrou, seguido por um jovem elegante e de rosto entusiasmado.

– Inspetor Forrester, senhor – anunciou ele.

Olhei para o oficial com interesse quando ele entrou na sala.

Sir Arthur Conan Doyle

– Bom dia, coronel – cumprimentou.

– Não quero incomodar, mas ouvi dizer que o senhor Sherlock Holmes, de Baker Street, está aqui.

O coronel acenou para meu amigo e o inspetor fez uma reverência.

– Achamos que talvez o senhor fosse gostar de ajudar em um caso, senhor Holmes.

– O destino está contra você, Watson – disse Holmes, olhando para mim e rindo. Ele se voltou para o policial. – Estávamos

O enigma de Reigate

conversando sobre o assunto quando o senhor entrou, inspetor. Talvez possa nos dar alguns detalhes.

Quando Holmes se recostou na cadeira daquele jeito familiar, eu sabia que era inútil. Minha ideia de um descanso no campo havia ido por água abaixo.

– Não tivemos muito o que fazer no caso Acton, disse o inspetor, sentando-se de frente para Holmes. – Mas há muito a ser feito desta vez, e não temos dúvida de que foi a mesma pessoa

Sir Arthur Conan Doyle

em ambos os casos. O homem foi visto.

– Ah!

– Mas ele saiu correndo como um cervo depois de disparar o tiro que matou o pobre William Kirwan, o cocheiro. O senhor Cunningham o viu da janela do quarto, e o filho dele, do corredor dos fundos. Faltavam quinze minutos para a meia-noite quando o alarme soou. O senhor Cunningham tinha acabado de se deitar e o senhor Alec estava no quarto de vestir. Ambos ouviram

O enigma de Reigate

William pedir socorro, então o senhor Alec desceu correndo para ver o que era.

– A porta dos fundos estava aberta e, quando ele chegou ao pé da escada, viu dois homens brigando do lado de fora. Um deles deu um tiro, o outro caiu no chão. O assassino correu pelo jardim e pulou a cerca viva.

Sir Arthur Conan Doyle

O inspetor fez uma pausa e respirou fundo para continuar a história. Olhei para Holmes com preocupação, em busca de qualquer sinal de tensão, mas não havia nenhum. Seus olhos estavam vivos e brilhantes; os dedos, curvados, batiam na sua boca pensativamente. O inspetor continuou:

— O senhor Cunningham, olhando para fora do quarto, viu o sujeito chegar à estrada, mas o perdeu de vista imediatamente. O senhor Alec parou para tentar

O enigma de Reigate

ajudar o moribundo, e assim o vilão fugiu. Não temos como identificá-lo a não ser pelo fato de que o assassino estava vestido com roupas escuras. Porém, estamos fazendo perguntas por aqui e, se ele for um estranho, logo o encontraremos.

– O que esse William estava fazendo lá? Ele disse alguma coisa antes de morrer?

O inspetor balançou a cabeça.

– Nenhuma palavra. Ele morava no chalé com a mãe e, como era um sujeito muito fiel, imaginamos que

Sir Arthur Conan Doyle

subiu até a casa para ver se estava tudo bem. Depois que invadiram a casa de Acton, todos se puseram de guarda. A fechadura foi arrombada: o ladrão devia ter acabado de abrir a porta quando William se deparou com ele.

— William disse alguma coisa para a mãe antes de sair?

— A senhora é muito velha e surda, por isso não conseguimos obter informações dela. O choque a deixou confusa.

Enquanto me perguntava se algum médico na área tinha

O enigma de Reigate

visitado a infeliz senhora para ajudá-la, percebi que o inspetor continuava falando. Envergonhado, voltei minha atenção para ele.

– No entanto, há uma pista muito importante. Veja isso!

Ele pegou uma pequena folha de papel rasgada de um caderno e a abriu sobre o joelho.

– Foi encontrado entre o dedo indicador e o polegar do cocheiro que morreu. Parece um fragmento arrancado de uma folha maior. Você verá que a hora mencionada nele é o exato momento em que

Sir Arthur Conan Doyle

o pobre sujeito encontrou seu destino. Veja, o assassino pode ter rasgado o papel ao tentar puxá-lo de sua vítima, ou William pode ter tirado esse fragmento do assassino. Parece se tratar de um compromisso marcado.

Holmes pegou o papel, e eu olhei por cima do ombro para ler.

– Supondo que seja um compromisso marcado – continuou o inspetor –, seria

quinze para a meia-noite sabendo de uma talvez

O enigma de Reigate

possível que esse William Kirwan pudesse ter sido aliado do ladrão, embora fosse considerado um homem honesto. Ele pode tê-lo encontrado lá e o ajudado a arrombar a porta antes que ambos tivessem uma discussão.

– Este papel é de grande interesse – disse Holmes, que o examinou de perto. – Isso será muito mais complicado do que eu pensava.

Ele apoiou a cabeça nas mãos, enquanto o inspetor sorria com o efeito que seu caso estava tendo sobre o famoso detetive de Londres.

Sir Arthur Conan Doyle

Por fim, Holmes ergueu os olhos.

– Sua última observação de que o ladrão e Kirwan podem estar juntos nisso é uma ideia engenhosa e possível. Mas esse papel abre... – Ele abaixou a cabeça e permaneceu por alguns minutos em profunda concentração. Quando voltou a erguer o rosto, fiquei surpreso ao ver que suas bochechas estavam coradas e que seus olhos pareciam tão brilhantes como costumavam ser antes da doença. Ele se levantou de um salto com toda a sua velha energia.

O enigma de Reigate

– Vou lhe dizer uma coisa – continuou ele. – Eu gostaria de dar uma olhada discreta nos detalhes deste caso. Há algo nele que exerce um enorme fascínio em mim. Se me permitir, coronel, deixarei meu

Sir Arthur Conan Doyle

amigo Watson com o senhor e irei à delegacia com o inspetor para testar a veracidade de uma ou duas suspeitas que tive. Estarei com vocês novamente em meia hora.

Capítulo quatro

Uma hora e meia se passou quando o inspetor voltou sozinho.

– O senhor Holmes está andando de um lado para o outro em um campo lá fora – disse ele. – E quer que nós quatro subamos até a casa juntos.

– Até a casa do senhor Cunningham? – perguntou o coronel.

– Sim, senhor.

Sir Arthur Conan Doyle

– Para quê?

O inspetor encolheu os ombros.

– Não sei bem. Cá entre nós, ainda não acho que o senhor Holmes tenha superado a doença que o acometia. Ele tem se comportado de maneira estranha e está muito animado.

– Não acho que o senhor precise se alarmar – respondi. – Descobri que muitas vezes há método em sua loucura.

– Podem até dizer que há loucura no método dele – murmurou o inspetor. – Mas ele está ansioso para

O enigma de Reigate

começar, coronel, então é melhor sairmos se o senhor estiver pronto.

Encontramos Holmes andando de um lado para o outro no campo, com o queixo afundado no peito e as mãos enfiadas nos bolsos da calça.

– Esse assunto está se tornando cada vez mais interessante – disse ele. – Watson, sua viagem ao campo tem sido um grande sucesso. Tive uma manhã encantadora.

Sir Arthur Conan Doyle

Eu sorri.

Fiquei satisfeito em ver como Holmes parecia bem, mas ele era apenas humano, e seu corpo e sua mente precisavam de descanso para se curar. Eu tinha começado a me arrepender do plano de mandá-lo para o campo. Ele não estava descansando e eu temia uma recaída.

— O senhor esteve na cena do crime, imagino – disse o coronel.

— Estive. O inspetor e eu fizemos uma pequena exploração juntos.

— Algum sucesso?

O enigma de Reigate

– Bem, vimos algumas coisas muito interessantes. Vou contar o que fizemos enquanto estivermos andando. Em primeiro lugar, vimos o corpo do pobre infeliz. Ele certamente morreu de um ferimento à bala, conforme relatado.

– O senhor duvidava?

– Ah, é uma boa prática testar todas as possibilidades. Mas nossa inspeção não foi perdida. Tivemos uma pequena conversa com o senhor Cunningham e o filho, que puderam apontar o local exato onde o assassino quebrou a cerca do

Sir Arthur Conan Doyle

jardim ao fugir. Isso foi de grande interesse para mim.

— É claro.

— Então fomos ver a mãe do pobre coitado. Só que não conseguimos obter nenhuma informação, pois ela é muito idosa e frágil.

— E qual foi o resultado das suas investigações?

— A certeza de que o crime é muito estranho. Talvez nossa visita agora o esclareça. Acho que ambos concordamos, inspetor, que o fragmento de papel na mão

do morto é
de extrema
importância.
É a hora da
morte dele.

quinze para a meia-noite

sabendo de uma

talvez

– Isso deve nos
dar uma pista, senhor
Holmes.

– De fato dá
uma pista. Quem
escreveu o bilhete foi
o homem que tirou o senhor William
Kirwan da cama àquela hora. Mas
onde está o resto desse papel?

Sir Arthur Conan Doyle

– Examinei o solo com cuidado na esperança de encontrá-lo – disse o inspetor.

– Foi arrancado da mão do morto. Por que alguém estava tão ansioso para ficar com o papel? Porque provava sua culpa. E o que ele terá feito com isso? Provavelmente o enfiou no bolso, sem perceber que um canto do papel havia permanecido nas mãos do morto. Se pudéssemos conseguir o resto dessa folha, avançaríamos bem na resolução desse mistério.

O enigma de Reigate

– Sim, mas como podemos chegar ao bolso do criminoso antes de pegá-lo?

– Bem, vale a pena pensar de forma minuciosa sobre isso. Ainda há outro ponto óbvio. O bilhete foi enviado para William. O homem que o escreveu não poderia levá--lo; caso contrário, é claro, ele mesmo poderia ter transmitido a mensagem verbalmente. Quem trouxe o recado então? Ou veio pelo correio?

– Fiz algumas averiguações – disse o inspetor. – William recebeu

Sir Arthur Conan Doyle

uma carta pelo correio ontem à tarde e destruiu o envelope.

– Excelente! – exclamou Holmes, dando um tapinha nas costas do inspetor. – O senhor já viu o carteiro! É um prazer trabalhar com o senhor. Bem, aqui está o chalé do cocheiro; se fizer a gentileza de entrar, coronel, vou lhe mostrar a cena do crime.

Capítulo cinco

Passamos pelo belo chalé onde o homem assassinado tinha vivido e subimos uma avenida ladeada de carvalhos até uma elegante mansão.

Holmes e o inspetor

Sir Arthur Conan Doyle

nos conduziram até o portão lateral, separado da cerca viva que margeava a estrada.

Um policial estava parado na porta dos fundos e a abriu quando nos aproximamos. Revelou um pequeno corredor com uma porta para a cozinha de um lado e um lance de escadas à frente.

– Pois bem – disse Holmes, apontando –, foi nessas escadas que o jovem senhor Alec Cunningham estava e viu os dois homens lutando exatamente onde nós estamos. O velho senhor

O enigma de Reigate

Cunningham, daquela janela, a segunda à esquerda, viu o sujeito fugir por aquele arbusto à esquerda. O filho também. Ambos têm certeza disso. Então o senhor Alec saiu correndo e ajoelhou-se ao lado do homem ferido. Veja bem, o solo é muito duro, por isso não há pegadas para nos guiar.

Enquanto ele falava, dois homens desceram o caminho do jardim, que rodeava a casa. Um era idoso e de semblante forte, com rugas e olhos pesados. O outro era um jovem elegante, cuja expressão,

Sir Arthur Conan Doyle

alegre e sorridente, e roupas vistosas contrastavam de forma estranha com os acontecimentos tristes que haviam nos levado até lá.

– Ainda estão trabalhando no caso? – disse o homem mais jovem a Holmes. – Pensei que vocês, londrinos, nunca falhassem. O senhor não parece ser muito astuto.

– Ah, é só nos dar um

O enigma de Reigate

pouco de tempo – disse Holmes, bem-humorado.

– Como queira – disse Alec Cunningham, ainda sorrindo. – Não vejo qualquer pista.

– Há apenas uma – respondeu o inspetor. – Pensamos que se ao menos pudéssemos encontrar... Céus, senhor Holmes. O que foi?

O rosto do meu pobre amigo de repente assumiu uma expressão terrível. Seus olhos reviraram para cima, suas feições se contorceram em agonia e, com um gemido, ele caiu de cara no chão.

Sir Arthur Conan Doyle

Horrorizado com a gravidade do ataque, caí de joelhos ao lado dele. Afinal, Holmes estava vulnerável.

– Vamos levá-lo para dentro agora mesmo – eu disse.

Nós o carregamos para a cozinha, onde ele se recostou em uma grande cadeira e ficou respirando pesado por alguns minutos.

Por fim, olhou

O enigma de Reigate

para nós, envergonhado de sua fraqueza, e levantou-se.

– Watson pode lhes dizer que acabei de me recuperar de uma doença grave – explicou ele. – Estou sujeito a esses ataques nervosos repentinos.

Balancei a cabeça em concordância.

– Devo mandá-lo para casa na minha carruagem? – perguntou o velho Cunningham.

– Bem, já que estou aqui, há um ponto sobre o qual gostaria de ter certeza. Podemos verificar isso muito facilmente.

Sir Arthur Conan Doyle

– O que é?

– Bem, parece-me possível que o pobre William tenha chegado depois, e não antes, de o ladrão entrar na casa. Vocês parecem ter certeza de que, embora a porta tenha sido arrombada, o ladrão nunca realmente tenha entrado.

– Acho que isso é bastante óbvio – disse o senhor Cunningham, gravemente. – Meu filho Alec

O enigma de Reigate

ainda não tinha ido para a cama e com certeza teria ouvido alguém se mexendo para lá e para cá.

— Onde ele estava sentado?

— Eu estava sentado no meu quarto de vestir – disse Alec.

— Qual janela?

— A última à esquerda, ao lado do quarto do meu pai.

— Os abajures de ambos estavam acesos, certo?

— Sim.

— Há alguns pontos bem curiosos aqui – disse Holmes, sorrindo. – Não é estranho que um ladrão...

Sir Arthur Conan Doyle

e com experiência, inclusive...
arrombasse uma casa quando
podia ver pelas luzes que a família
ainda estava acordada?

O inspetor Forrester fez que
sim, balançando a cabeça.

– Ele devia ter nervos de aço.

– Bem, se o caso não fosse tão
estranho, não teríamos pedido
uma explicação – disse o senhor
Alec. – Mas quanto à sua ideia
de que o homem teria roubado a
casa antes de William atacá-lo,
acho que é um tanto absurda.
Não teríamos encontrado o lugar

O enigma de Reigate

bagunçado e notado a falta dos objetos que ele teria levado?

– Depende de quais eram as coisas – disse Holmes. – Você deve lembrar que estamos lidando com um ladrão muito peculiar que parece ter um método próprio. Veja, por exemplo, aquele conjunto estranho de coisas que ele tirou da casa de Acton... O que era mesmo? Um rolo de barbante, um peso de papel e outros itens aleatórios.

– Bem, estamos totalmente nas suas mãos, senhor Holmes – disse o velho Cunningham. – Qualquer

Sir Arthur Conan Doyle

coisa que o senhor ou o inspetor sugerir certamente será feito.

– Em primeiro lugar – disse Holmes – eu gostaria que o senhor oferecesse uma recompensa, pois a polícia pode levar muito tempo para chegar a um acordo sobre uma quantia e essas coisas não podem ser feitas tão prontamente. Eu tenho

O enigma de Reigate

um formulário aqui, se o senhor
não se importar em assiná-lo.
Cinquenta libras é o bastante,
eu acho.

– Eu daria quinhentas de boa
vontade – disse Cunningham,
pegando o papel que Holmes
havia entregado a ele. – Mas isso
não está correto – disse o homem,
olhando para o documento.

– Escrevi com bastante pressa
– respondeu Holmes.

Cunningham apontou.

– Veja, o senhor começa assim:
"Por volta de quinze para a uma

Sir Arthur Conan Doyle

da manhã de terça-feira, foi feita uma tentativa de…", e assim por diante. Na verdade, faltavam quinze minutos para a meia-noite.

Senti pena do meu amigo pelo engano, pois sabia como ele se sentiria por cometer um deslize de qualquer tipo. Holmes se orgulhava de estar absolutamente correto sobre qualquer fato, mas sua recente doença o havia abalado, e esse pequeno incidente foi o suficiente para me mostrar que ele ainda estava longe de ser o mesmo.

O enigma de Reigate

Seu constrangimento foi óbvio, mas ficou assim apenas por um instante, no qual o inspetor ergueu as sobrancelhas e Alec Cunningham desatou a rir.
O velho senhor Cunningham pegou uma caneta e corrigiu o erro, depois devolveu o papel a Holmes.

– Mande imprimir o mais rápido possível – disse ele. – Acho sua ideia excelente.

Com cuidado, Holmes guardou o papel na carteira.

Sir Arthur Conan Doyle

– E agora – disse ele –, seria bom se todos nós revíssemos a casa juntos e nos certificássemos de que esse ladrão bem estranho de fato não levou nada com ele.

Capítulo seis

Antes de entrarmos, Holmes examinou a porta, que havia sido arrombada. Era óbvio que um cinzel ou uma faca firme tinha sido usado para forçar a fechadura. Podíamos ver as marcas na madeira onde o objeto havia sido empurrado.

– Vocês não usam grades nas janelas, então? – perguntou Holmes.

Sir Arthur Conan Doyle

— Nunca achamos isso necessário.

— Não têm cachorro?

— Nós temos, mas ele está acorrentado do outro lado da casa.

— A que horas os funcionários se recolhem?

— Por volta das dez horas.

O enigma de Reigate

– Suponho que geralmente William também estaria na cama a essa hora, não é?

– Sim.

– É estranho que nessa noite em particular ele estivesse acordado. Enfim, eu ficaria muito feliz se o senhor nos mostrasse a casa, senhor Cunningham.

Nós o seguimos por um corredor com piso de pedra, de onde saía uma ramificação para as cozinhas, e subimos uma escada de madeira diretamente para o primeiro andar

Sir Arthur Conan Doyle

da casa. A escada dava para um patamar oposto a uma segunda escada mais decorativa que subia do corredor principal. Ao redor desse patamar ficava a sala de estar e vários quartos, incluindo os do senhor Cunningham e de seu filho.

Holmes caminhou lentamente ao longo do patamar, enquanto observava com atenção a arquitetura da casa. Eu percebia por sua expressão que ele estava seguindo um rastro certeiro, mas não conseguia identificar aonde seu raciocínio o levaria.

O enigma de Reigate

– Meu bom senhor – disse o senhor Cunningham, impaciente –, com certeza isso é muito desnecessário. Ali no fim da escada está o meu quarto, e o do meu filho é o que aparece logo em seguida. Acha possível que o ladrão teria subido aqui sem nos incomodar?

– O senhor deveria procurar por um rastro fresco, eu acho – disse o filho

Sir Arthur Conan Doyle

do senhor Cunningham, com um sorriso bastante malicioso.

Holmes ignorou o jovem e sorriu pacientemente para o senhor Cunningham.

– Ainda assim, devo lhes pedir um pouco mais da sua paciência. Gostaria de ver a que distância do chão ficam as janelas da frente da casa. Este, pelo que entendi, é o quarto do seu filho. – Holmes empurrou a porta que estava a sua frente e olhou para dentro. – E este, presumo, é o quarto de vestir em

O enigma de Reigate

que ele estava sentado quando soou o alarme. Para onde dá a janela desse quarto?

Holmes cruzou o quarto, empurrou a porta e olhou o outro cômodo.

– Espero que o senhor esteja satisfeito agora – disse o senhor Cunningham, ríspido.

– Obrigado. Acho que vi tudo o que desejava – respondeu Holmes.

– Então, se for realmente necessário, podemos entrar no meu quarto.

Sir Arthur Conan Doyle

– Se não for um incômodo.

O velho encolheu os ombros e liderou o caminho para seu aposento, que era mobiliado com simplicidade. Enquanto nos movíamos em direção à janela, Holmes ficou para trás, de modo que nós dois fomos os últimos do grupo. Perto do pé da cama via-se uma pequena mesa com um prato de laranjas e um jarro de água. Quando passamos por ela, Holmes, para meu espanto absoluto, inclinou-se na minha frente e deliberadamente derrubou tudo.

O enigma de Reigate

O jarro se quebrou em mil pedaços e as frutas rolaram para todos os cantos do quarto.

– Veja só, Watson – disse ele, friamente. – Que bagunça horrível essa que você fez no tapete.

Eu me abaixei para pegar as frutas, sentindo-me um pouco confuso. Por alguma razão desconhecida, meu companheiro queria que eu assumisse a culpa, mas, sem dúvida, ele explicaria suas ações depois.

Como de costume, eu teria que ser paciente. Os outros vieram ajudar e puseram a mesa de pé novamente.

– Ora, mas para onde ele foi? – perguntou o inspetor.

Holmes havia desaparecido.

– Espere aqui um instante – disse o jovem Alec Cunningham. – Na minha opinião, o sujeito enlouqueceu. Venha comigo, pai, e veremos onde ele foi parar.

Pai e filho correram para fora do quarto e deixaram o inspetor, o coronel e eu nos entreolhando.

O enigma de Reigate

– Estou inclinado a concordar com o senhor Alec – disse o inspetor. – Pode ser o efeito daquela enfermidade, mas me parece que...

Suas palavras foram interrompidas por um grito repentino:

– Socorro! Socorro! Assassino!

Com um choque, reconheci a voz de Holmes e corri loucamente do quarto para o patamar.

Os gritos, que haviam se transformado em berros roucos, vinham do quarto que tínhamos visitado primeiro. Entrei nele e

Sir Arthur Conan Doyle

fui para o quarto de vestir. Os dois
Cunningham estavam curvados
sobre a figura de Holmes, agora
caído no chão.

O homem mais jovem segurava a
garganta de Holmes com
as duas mãos, enquanto

O enigma de Reigate

o mais velho parecia torcer um de seus pulsos.

Em um instante, nós três os arrancamos de cima de Holmes, que cambaleou, muito pálido e exausto.

– Prenda esses homens, inspetor – ele ofegou.

– Sob qual acusação?

– A de assassinar o cocheiro deles, William Kirwan.

O inspetor olhou em volta, perplexo.

– Ora, senhor Holmes – disse ele, por fim. – Tenho certeza de que o senhor não está de fato…

Sir Arthur Conan Doyle

– Homem, olhe só a cara deles!
– ironizou Holmes.

Eu certamente nunca tinha visto uma expressão mais clara de culpa em alguém. O homem mais velho parecia entorpecido e atordoado com uma feição pesada e sombria.

O filho, por outro lado, havia abandonado todo o seu estilo alegre e galante. Em vez disso, a ferocidade de um animal perigoso chispava em seus olhos escuros e distorcia seu belo rosto.

O inspetor não disse nada, mas aproximou-se da porta e soprou

O enigma de Reigate

o apito. Dois de seus policiais atenderam ao chamado.

– Não tenho alternativa, senhor Cunningham – disse ele. – Espero que tudo se revele um erro absurdo, mas o senhor pode ver que... Ah, solte isso! – O inspetor bateu com a mão, e um revólver, que o homem mais jovem estava tentando tirar do bolso, caiu no chão.

– Fique com ela – disse Holmes, colocando o pé na arma. – Vai ser útil no julgamento. Mas isso é o que realmente queríamos.

Sir Arthur Conan Doyle

Ele ergueu um pequeno pedaço de papel amassado.

– O resto da página! – exclamou o inspetor.

– Precisamente.

– E onde estava?

– Onde eu tinha certeza de que deveria estar. Vou relatar todo o caso em breve. Acho, coronel, que o senhor e Watson podem voltar para casa agora.

O enigma de Reigate

Estarei com vocês de novo em uma hora, no máximo. O inspetor e eu devemos dar uma palavrinha com os prisioneiros, mas vocês certamente me receberão de volta na hora do almoço.

Capítulo sete

Eu esperava, como sempre, a explicação das deduções de Holmes. Ele cumpriu sua palavra. Por volta de uma hora depois, juntou-se a nós na sala de estar do coronel. Estava acompanhado por um cavalheiro idoso, que me foi apresentado como senhor Acton, o homem cuja casa tinha sido o cenário do primeiro roubo.

O enigma de Reigate

– Eu queria que o senhor Acton estivesse presente enquanto eu explico o assunto a vocês – disse Homes –, pois é natural que ele tenha profundo interesse pelos detalhes. Receio, meu caro coronel, que o senhor deve se arrepender de ter recebido como hóspede um encrenqueiro como eu.

– Pelo contrário – respondeu o coronel, calorosamente –, considero o maior privilégio ter tido a permissão de ver de perto seus métodos de trabalho. Confesso que eles ultrapassaram as minhas

Sir Arthur Conan Doyle

expectativas e sou totalmente incapaz de compreender os resultados. Eu mesmo não enxerguei uma única pista.

– Receio que minha explicação possa desapontá-lo, mas sempre foi um hábito meu não esconder nenhum dos meus métodos, seja de meu amigo Watson, ou de qualquer pessoa que possa ter um interesse inteligente por eles. Mas primeiro, como estou bastante abalado com o ataque que sofri no quarto de vestir, penso que preciso me servir de algo para beber, coronel.

O enigma de Reigate

Minhas forças foram testadas demais recentemente.

– Não teve mais daqueles ataques nervosos?

Holmes riu com vontade.

– Chegaremos a isso em um minuto – respondeu ele. – Vou explicar o caso no devido tempo e mostrar os vários pontos que me guiaram nas deduções. Vocês podem me

interromper se algum detalhe não ficar claro.

Relaxei na cadeira e esperei ansiosamente a história.

– Um dos pontos mais importantes na arte da detecção é reconhecer quais fatos são importantes e quais não são. Caso contrário, sua energia será gasta em distrações, em vez de ficar concentrada nos pontos vitais. Bem, neste caso, desde o início, não havia a menor dúvida na minha mente de que a chave de todo o

O enigma de Reigate

mistério era o pedaço de papel na mão do falecido.

"Antes de me aprofundar no caso, chamo a atenção de vocês para um certo fato. Se a história de Alec Cunningham estava correta, e se o ladrão, depois de atirar em William Kirwan, tivesse fugido instantaneamente, não poderia ter sido ele quem havia rasgado o papel das mãos do falecido. Então, se não foi o ladrão, devia ter sido o próprio Alec Cunningham, pois quando seu pai desceu, vários

Sir Arthur Conan Doyle

funcionários da casa estavam no local.

"A questão é simples, só que o inspetor a ignorou porque presumiu que esses distintos cavalheiros do interior não poderiam ter nada a ver com o crime. Mas vejam, faço questão de nunca ter preconceitos e de seguir o caminho que os fatos me conduzem.

"Logo na primeira fase da investigação, desconfiei do relato do senhor Alec Cunningham."

Holmes continuou:

O enigma de Reigate

– Então, fiz um exame muito cuidadoso do canto da página que o inspetor nos deu. Ficou claro para mim que fazia parte de um documento notável. Aqui está. Vocês agora veem algo nele?

– Parece muito estranho – disse o coronel.

– Meu caro senhor! – exclamou Holmes. – Não há a menor dúvida de que foi escrito

Sir Arthur Conan Doyle

por duas pessoas diferentes, com palavras alternadas. Olhando para o peso com que a palavra "talvez" foi escrita e comparando-a com a palavra "noite" que foi escrita de modo fraco, os senhores reconhecerão imediatamente o fato. Um estudo muito breve das palavras mostra que "quinze" e "sabendo" estão escritos com a letra mais forte, e o "para" e "de", com a mais fraca.

– É verdade! Está claro como o dia! – exclamou o coronel. – Por que

diabos dois
homens deveriam
escrever uma carta
dessa forma?

quinze para a meia-noite

sabendo de uma

talvez

– Era um assunto sombrio
e um dos homens desconfiava
do outro. Ele decidiu que cada um
deveria se envolver igualmente nesse
acordo. Pois bem, dos dois homens,
é claro que aquele que escreveu
"quinze" e "sabendo" era o líder.

– Como sabe disso?

– Se o senhor examinar o recado
com atenção, verá que o homem com

Sir Arthur Conan Doyle

a caligrafia mais forte escreveu todas as suas palavras primeiro, deixando espaços em branco para o outro preencher. Nem sempre esses espaços em branco eram suficientes, de modo que o segundo homem teve que espremer o "para" entre o "quinze" e o "a", mostrando que estas palavras já estavam escritas. O homem que escreveu a primeira parte do bilhete é, sem dúvida, o que planejou a ação.

O enigma de Reigate

— Excelente! – exclamou o senhor Acton.

— Chegamos agora ao ponto importante. O senhor pode não estar ciente de que, em casos normais, os especialistas conseguem dizer a idade de um homem com bastante precisão pela caligrafia. Digo casos normais porque a saúde debilitada e a fraqueza física reproduzem os sinais da velhice, mesmo quando a pessoa é jovem. Neste caso, olhando a escrita forte e firme de um, e a aparência um tanto irregular do

Sir Arthur Conan Doyle

outro, que ainda é legível embora o "t" tenha ganhado um cruzamento só parcial, podemos dizer que um era um jovem e o outro muito mais velho, mas não decrépito.

– Excelente! – exclamou o senhor Acton novamente.

– Há outro ponto, no entanto, e de maior interesse – continuou Holmes. – Há algo semelhante nesses dois conjuntos

O enigma de Reigate

de caligrafia. Elas pertencem a
homens que são parentes de sangue.
Não tenho nenhuma dúvida de que
há um maneirismo familiar nesses
dois exemplos de escrita. Esses são
apenas os principais resultados
do exame que fiz ao bilhete. Havia
vinte e três outras deduções que
seriam mais interessantes para os
especialistas do que para vocês.
Tudo isso serviu para me deixar
absolutamente certo de que os
Cunningham, pai e filho, escreveram
esta carta.

Sir Arthur Conan Doyle

– Tendo chegado tão longe, meu passo seguinte foi, é claro, examinar os detalhes do crime e ver até que ponto eles nos ajudariam. Fui até

O enigma de Reigate

a casa com o inspetor e vi tudo o
que havia lá. O ferimento no morto
tinha sido, como pude constatar
com absoluta confiança, disparado
de um revólver a pouco mais de
quatro metros de distância. Não
havia pólvora enegrecendo as
roupas, o que estaria presente
se o disparo tivesse sido feito à
queima-roupa. Evidentemente,
então, Alec Cunningham mentiu
quando disse que os dois homens
estavam lutando quando o tiro
foi disparado. Novamente, pai e

Sir Arthur Conan Doyle

filho concordaram quanto ao lugar por onde o homem havia fugido. Acontece que, nesse lugar, há uma pequena vala úmida. Como não havia pegadas por ali, eu tinha certeza absoluta de que não apenas os Cunningham tinham contado mais uma mentira, mas que nunca houve nenhum homem desconhecido no local.

O senhor Acton acenou com a cabeça.

– E agora eu tenho que considerar o motivo desse estranho crime.

O enigma de Reigate

Para chegar à explicação, tentei, em primeiro lugar, resolver o motivo do roubo original na casa do senhor Acton. Fiquei sabendo pelo coronel que havia um processo judicial em andamento entre o senhor e os Cunningham, senhor Acton. Imediatamente me ocorreu que eles haviam invadido sua biblioteca com a intenção de pegar algum documento que pudesse ser importante no caso.

– Precisamente – disse o senhor Acton. – Não há a menor dúvida

Sir Arthur Conan Doyle

sobre as intenções deles. Tenho o mais claro direito à metade de sua propriedade atual, e se eles tivessem encontrado certo papel, que felizmente está em um cofre do meu advogado, sem dúvida teriam arruinado nosso caso.

Capítulo oito

– Aí está – disse Holmes, sorrindo. – Foi uma tentativa perigosa e imprudente que atribuí ao jovem Alec. Não tendo encontrado documentos, eles fizeram com que parecesse um roubo comum e levaram tudo o que puderam. O que eu realmente queria era pegar a parte que faltava do bilhete.

Sir Arthur Conan Doyle

Eu tinha certeza de que Alec o havia arrancado da mão do morto e estava quase certo de que ele devia tê-lo enfiado no bolso do roupão. Onde mais poderia ter colocado? A única questão era se ainda estava lá. Era algo que valia a pena descobrir, e foi por isso que todos nós subimos para a casa.

"Os Cunningham se juntaram a nós do lado de fora da porta da cozinha, como devem se lembrar. Era muito importante que eles não se lembrassem do papel, caso contrário, o teriam destruído imediatamente.

O enigma de Reigate

O inspetor estava prestes a lembrá-los de sua importância quando, por sorte, eu caí em uma espécie de ataque e mudei a conversa.

– Meu Deus! – exclamou o coronel, rindo. – Quer dizer que toda a nossa solidariedade foi um desperdício e que o senhor nem sequer estava doente?

Sir Arthur Conan Doyle

– Falando como médico, sua encenação foi muito bem desempenhada! – declarei, olhando com espanto para aquele homem que estava sempre me surpreendendo com algum novo aspecto de sua inteligência.

– É uma arte muitas vezes útil – disse ele. – Quando me recuperei, consegui muito engenhosamente fazer com que o velho Cunningham escrevesse a palavra "meia-noite", para que eu pudesse compará-la com o "meia-noite" do papel rasgado.

O enigma de Reigate

– Oh, que idiota eu fui!
– exclamei, lembrando-me do erro de Holmes sobre a hora indicada no anúncio de recompensa.

– Pude ver que você estava se solidarizando comigo por causa da minha fraqueza – disse Holmes, rindo. – Lamento ter causado um desconforto que eu sei que você sentiu. Então nós subimos juntos. Tendo entrado no quarto de Alec e visto um roupão pendurado atrás da porta, derrubei uma mesa para distrair os Cunningham por um momento para que eu assim pudesse

Sir Arthur Conan Doyle

escapar e examinar os bolsos. O papel estava em um deles, como eu esperava, mas eu mal o tinha pegado quando os dois homens se lançaram sobre mim. Acredito que eles teriam me assassinado ali mesmo, se não fosse pela ajuda rápida e amigável de vocês. Ainda posso sentir o aperto do jovem na minha garganta, e seu pai torcendo meu pulso em um esforço para tirar o papel da minha mão. Eles viram que eu já sabia de tudo, e a mudança repentina da segurança absoluta para o desespero total os deixou apavorados.

O enigma de Reigate

Confirmei balançando a cabeça, maravilhado de novo ao ver como ele tinha sido ótimo em enganar a todos nós quando me culpou pela mesa virada e pela bagunça no chão. Eu deveria saber que havia uma razão para tudo o que Holmes fazia. Nada era um acidente.

– Depois, tive uma conversinha com Cunningham sobre o motivo do crime – continuou Holmes. – Ele estava calmo o suficiente, embora seu filho parecesse um perfeito demônio, pronto para matar a si mesmo ou a qualquer outra pessoa

Sir Arthur Conan Doyle

se pudesse pôr a mão no seu revólver. Quando o velho Cunningham viu que tinha sido derrotado, perdeu o ânimo e admitiu tudo. Parece que William seguiu secretamente seus empregadores na noite em que eles fizeram o ataque à casa do senhor Acton. Então, tendo a ambos nas mãos, ele ameaçou denunciá-los à polícia e os chantageou. O senhor Alec, no entanto, era um homem perigoso e não seria fácil jogar com ele. Foi um golpe de gênio de sua parte usar o medo do roubo local

O enigma de Reigate

como uma oportunidade para se livrar do homem que ele temia. William foi atraído e alvejado e, se eles estivessem com o bilhete inteiro, a suspeita muito possivelmente não teria sido levantada.

Sir Arthur Conan Doyle

– E o bilhete? – perguntei.

Holmes colocou os dois pedaços de papel à nossa frente.

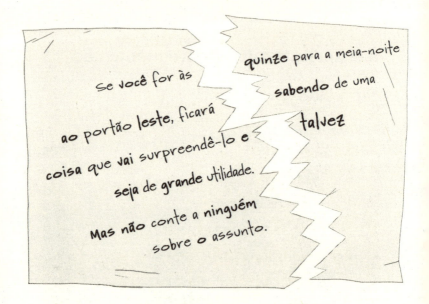

– É exatamente o tipo de coisa que eu esperava – disse ele. – Claro, ainda não sabemos o que William

O enigma de Reigate

Kirwan imaginava descobrir. Mas a armadilha foi habilmente montada com uma isca.

– Watson, acho que nosso descanso tranquilo no interior foi um verdadeiro sucesso, e certamente voltarei muito revigorado para Baker Street amanhã.

Olhei para seu rosto alegre e só pude concordar que a investigação tinha feito um grande bem a ele.

Detetive Sherlock Holmes

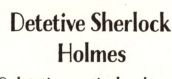

O detetive particular de renome mundial, Sherlock Holmes, resolveu centenas de mistérios e é o autor de estudos fascinantes como *Os primeiros mapas ingleses* e *A influência de um ofício na forma da mão*. Além disso, ele cria abelhas em seu tempo livre.

Doutor John Watson

Ferido em ação em Maiwand, o doutor John Watson deixou o exército e mudou-se para Baker Street, 221B. Lá ele ficou surpreso ao saber que seu novo amigo, Sherlock Holmes, enfrentava o perigo diário de resolver crimes, então começou a documentar as investigações dele. O doutor Watson atende em um consultório médico.